AF282879

JOSÉ VTE. CARMONA SIMARRO

AZUL

A Azul

¿A quién podría ser si no?

¿Qué somos para ti?

PRÓLOGO

"Si no sientes, no estás vivo, ni muerto, simplemente no estás".

¿Dónde he estado durante estos últimos cuatro años? Es una pregunta que me estoy haciendo y no obtengo respuesta. No recuerdo apenas nada, ni dónde he estado, ni lo que he hecho. No ha pasado nada en mi vida de interés y mi cerebro apenas ha almacenado dato alguno. Es como si hubiese estado muerto, un tiempo perdido en medio de la vida, como antes de nacer y después de la muerte.

Y, ¿qué he sentido durante este tiempo? Nada.

Sólo me siento vivo si amo. Entre tanto, observo la vida pasar, sin apenas interés por nada.

He leído libros buscando respuestas, pero ninguno me ha convencido y los he dejado sin leer al completo, algunos en la página (10), otros en la (35), y otros, en el prólogo.

He escuchado consejos de otras personas, algunas más o menos allegadas, pero nada, ya no recuerdo ningún aspecto de las conversaciones, porque nada me servía.

He meditado en la noche, a oscuras, solo, intentando encontrar alguna respuesta y me he dormido por cansancio. Y al día siguiente han aparecido las mismas preguntas inconexas.

"Si no sientes, no estás vivo, ni muerto, simplemente no estás"

Ahora si me disculpan, voy a escribir un rato…

José Vte Carmona

Otoño 2014

CUATRO AÑOS

Cuatro años no son nada: esta es una afirmación que depende de muchos factores. El factor principal, las personas involucradas. Que el tiempo es relativo ya lo dijo Einstein en su teoría de la relatividad —creo—, de la que se deduce, entre otros aspectos y en concreto con la dimensión espacio/tiempo, que el tiempo "se alarga y se acorta". También está demostrado que depende de las características de las personas y, por ejemplo, de su edad: cuantos más años tenemos, mayor es la percepción de que el tiempo pasa fugazmente. ¿O es al contrario? Incluso otros han llegado a afirmar que el tiempo es un concepto creado por las personas, por lo que no existe como universal. Tranquilos, no voy a seguir en esta línea: cuatro años no son nada, es el tiempo que llevaba sin ver a Azul. Sí, se llama Azul, así le pusieron sus padres, un nombre precioso que hacía juego con sus apellidos y que no citaré para preservar su anonimato. Ahora me pregunto cuántas personas tendrán este nombre, quizá pocas. Les ruego no busquen este dato. A veces decimos cosas en negativo para que se produzca lo contrario. Cuando le dije a Azul que no la quería ver más, le estaba diciendo que no saliese nunca de mi vida, que se quedase para siempre, me lo estaba jugando todo a una carta, todo, a la desesperada. Y el plan me salió mal. Todos, todos buscaron el nombre de Azul.

Durante este tiempo, Azul y yo no nos habíamos visto. Recuerdo el último día en su apartamento, situado en plena línea de playa, un lugar que yo amaba especialmente en otoño y en invierno, cuando no había nadie. No piensen que soy un antisocial, simplemente que me gustaba pasear con Azul y con su perro, como si la playa fuese nuestra y no hubiese más personas en el mundo, porque con Azul lo tenía todo, nos bastábamos nosotros dos, pero sólo si estábamos juntos. En esas estaciones, la playa se convertía en un lugar lleno de paz, en el que se podían escuchar las olas de la mar o el mar, que es lo mismo —como si estuviesen fusionados en un solo ser—, pasear libremente por la orilla de la playa, acompañado de un clima idóneo. Allí, en el apartamento, pasábamos gran parte de nuestro tiempo, viendo y comentando películas, escuchando música cogidos de la mano y abrazados, acostados en un gran sofá desplegado, leyéndole libros o en su cama haciendo el amor.

No voy a desgranar por qué nos separamos, sólo diré que pasó. Cuántas parejas se separan y sin embargo se aman con locura, cada una con su historia particular. Pero siempre hay algo que hace que se produzca el distanciamiento y ese algo depende de las dos partes.

Todo empezó cuando una persona en común, que no conocía nuestra historia, pero sí a nosotros, nos puso en contacto, aunque no físicamente. Me explico. Esta tercera persona había quedado con Azul y yo aparecí en la conversación, sin carga sentimental, de una manera casual. Al cabo de tres meses, esta misma persona quedó conmigo y al comentar yo sobre el tiempo que hacía –quién no habla del tiempo alguna vez– y de lo azul del cielo, apareció Azul en la conversación, como no, con ese nombre tan particular. Yo hice como que no me acordaba, ¿Azul? no sé (ni que conociese a mil Azules).

Lo cierto es que ahora estoy aquí en la puerta del apartamento de Azul, cuatro años después. Llevo nueve minutos sentado en la escalera, decidiendo si voy a llamar, a entrar o a marcharme, no sé lo que finalmente haré.

Me voy, está decidido. Bajo por el ascensor, salgo del patio y voy hacia mi coche, lo he dejado lejos pues quería pensar mientras me dirigía a su apartamento, pero al llegar al coche e intentar abrirlo ¿y las llaves?

Vuelvo al lugar donde estuve sentado, en las escaleras, muy despacio, sin hacer apenas ruido y en la puerta del apartamento de Azul hay una nota que pone *"tengo unas llaves de alguien, parecen de un coche, puede llamar, estoy en casa"*.

Así empezó el reencuentro. Antes de llamar me pregunté si Azul no pensaría que lo he hecho con toda la intención. Podría ser, pero no ha sido así. Me marchaba ya y no iba a volver a verla de nuevo en otros cuatro años. Al menos, y por culpa de sentarme en la escalera ahora no tengo más remedio que verla, aunque sea sólo un instante.

¿Cuánto tiempo será un instante? ¿Y la eternidad? Y, si no existe el tiempo, ¿qué es un instante?

EL ENCUENTRO

Estoy llamando al timbre: uno, dos, tres…

Azul. Voy…

Se escucha tras la puerta.

La puerta se abre lentamente y Azul asoma su cara por el pequeño espacio que ha dejado… y me mira.

Pasan algunos segundos.

Yo. Las llaves son mías –le digo.

Azul se queda en silencio

Yo. No te vas a creer lo que me ha pasado.

Azul sigue mirándome,

Azul. Puede que no me lo crea, incluso antes de que me lo cuentes, pero por favor, pasa, no te quedes ahí.

Han pasado cuatro años y nos hablamos como si fuese ayer el último momento en que nos vimos.

MIRADAS

He pasado al apartamento y he ido directamente al salón, conozco la casa, indudablemente. Apenas han cambiado las cosas: veo mis cuadros, libros que le regalé y fotos en las que estamos juntos –no las ha retirado–.

Azul y yo nos estamos mirando sin apenas hablar. Ella allí de pie, y yo sentado en el sillón. Seguimos mirándonos sin hablar. Parecemos dos animales en la selva, tratando de conocer las intenciones del contrario, yo de ella, y ella de mí, esperando quién es el que hace el primer movimiento y dice la primera palabra.

Ahora ella sonríe sutilmente y yo hago lo mismo, dándole a entender mil cosas con sólo ese gesto.

Yo. Hola Azul.

Azul. Hola. Cuando quieras puedes empezar a contarme qué haces aquí.

ROCE SUAVE

No contesto. Me levanto y me dirijo hacia ella. Le ofrezco mi mano derecha con la palma hacia arriba. Tras unos segundos, ella, con su mano derecha también y con la palma hacia abajo, acaricia la mía, varias veces.

Mientras, nos miramos.

Siento el *roce suave* de sus dedos en mi palma y una sensación de placer que quisiera eternizar. Azul me mira y sigue con ese ritual de vida y de muerte, ese *roce suave* que puede llevarme al cielo y al infierno. Yo también la miro. Empezamos a decirnos cosas con la mirada…

Azul. ¿Sigo?

Yo. Sí.

Azul. ¿Sólo sí, y ya está?

Yo. Sí y no.

Así éramos de complicados y seguimos siéndolo.
Eso es lo que hacía especial nuestra relación. Teníamos el blanco, el negro, pero también toda la escala
de grises.

ABRAZOS

Yo. Quisiera explicarte el por qué he venido a verte, y de paso cenar contigo. No quería venir e irme corriendo.

Azul. Pues podrías explicármelo mientras cenamos.

Una de las cosas que me encanta de Azul –de las diez mil que me gustan– es la manera en que cocina. No estoy refiriéndome a lo que cocina, sino como lo hace, el amor que pone cuando se pone a cocinar y te lo presenta en la mesa. Forma parte de un acto de sexualidad, es como si te estuviese haciendo el amor mientras prepara los platos, mientras te da de comer y de beber.

Nos hemos puesto cada uno un delantal y repartido las tareas. La cocina del apartamento de Azul no es muy grande y cuando pasas de la nevera al fregadero, si ella está en el hornillo, a la fuerza cruzas muy cerca de ella, la rozas sutilmente. En tiempos pasados, esa circunstancia nos ha llevado a tener que suspender la cena para pasar a otro asunto. En esta ocasión he pasado intentado no tocarla y de cara al otro lado.

Mientras cenamos…

Yo. ¿Recuerdas nuestro primer viaje a Peñíscola?

Azul. ¿Cómo no lo voy a recordar?

Yo. ¿Y al hombre invisible?

Azul. Sí.

Yo. ¡Pero si no se veía!

Azul. Pues te hiciste una foto con él.

Yo. Me la hiciste tú. Pero salía yo solo.

Azul. Con el hombre invisible.

Yo. Solo.

Azul. No, con el hombre invisible.

Yo. Sí…, solo.

Azul. Estabas con el hombre invisible, pero sólo salías tú, porque él es invisible, está muy claro.

Así podíamos estar horas, hablando sobre cosas que en un principio parecen tonterías, pero hablar sobre la visibilidad o invisibilidad del hombre invisible no lo era. Para estar con el hombre invisible y hacerse una foto con él hacen falta dos cosas que se deben de dar sí o sí, las dos a la vez, creer en él y amar a la persona que te hace la foto. Yo creo en el hombre invisible, creo en él desde hace siete años y creeré en él siempre, con locura.

ALGÚN BESO

Azul. ¿Cuándo me vas a besar?

Yo. ¿Qué?

Azul. Que cuándo me vas a besar.

Eleva ligeramente la voz

—Has entrado en mi casa y no me has dado ni un beso.

Me acerco a ella y la beso en la mejilla. Sólo le he dado un beso. Sigue utilizando el mismo perfume. Tiene el cutis igual de fino y cuando me he alejado tras el beso, Azul me miraba a los ojos –y yo a los suyos, claro–.

Tras esta situación, nos hemos quedado algunos segundos quietos, sin hablar.

Yo. ¿Sabes…?

Me he puesto muy serio.

Azul. Dime, –dice Azul en voz bajita.

Yo. Durante todo este tiempo no he podido ser un *"tritanómalo"*.

Azul. ¿Qué?

Yo. *Tritanómalo*…está claro.

Azul. Si, sí, muy claro.

No he podido resistirme y me he puesto a reír a carcajadas.

Azul. ¿Qué estás tramando?

Yo. Preciosa, es que un día leí que las personas que no distinguen el color azul se llaman *tritanómalas*, también *acianopsia* o *dicromatopsia azul*.

Azul. ¿Me has llamado preciosa?

Yo. ¡Nooo, yo no!

Azul. Sí, me lo has dicho, lo mismo que me has dicho esas palabras raras que no pienso pronunciar.

Azul. ¡Repítelo!

Yo. ¿Qué repita qué?

Azul. Ya sabes qué…

Miro a Azul y hago una inspiración, y con la espiración y acercándome a su oído…

Yo. Preciosa…

Azul ha cerrado los ojos y ha suspirado.

Azul. Entonces ¿has pensado mucho en mí?

Yo. Sí, mucho.

Azul. ¿Pero cuánto?

Yo. Muchito…

LA CENA

Durante la cena, hemos hablado de nuestros trabajos, de la familia, de los amigos y de temas varios, pero no hemos sido capaces de hacernos preguntas sobre nuestra vida sentimental, como si nos diese miedo decir algo incorrecto, como si no hubiésemos tenido vida alguna, como si el decir algo que no gustase al otro pudiese provocar una discusión.

Azul. ¿Te ha gustado la cena?

Yo. Me han gustado mil cosas, la cena, tu compañía, y la ventana abierta por la que se pueden oír las olas y sentir la brisa de la mar.

Azul. Pero entre todas esas cosas, ¿cuál ha sido la primera, la segunda y la tercera? Por orden de prioridad, por favor.

Azul me ha hecho sonreír una vez más.

Yo. La cena ha estado sublime, la ventana abierta, a pesar de estar en otoño es algo mágico para mí, tú ya lo sabes…

Azul. ¿Y?

Yo. ¿Y qué?

Azul. No has contestado a la pregunta.

Yo. ¿Quieres que te diga las mil cosas que me gustan por orden? ¡No terminaría en toda la noche!

Azul. ¿Quieres contestar a la pregunta, por favor? —pregunta de nuevo Azul, elevando la voz.

Yo. Pues… me ha gustado la chica que ha encontrado las llaves.

Azul. ¿Sí?

Yo. ¡Sí! –respondo con rotundidad.

Azul. Pues las ha encontrado mi vecina de 90 años, que por cierto está soltera.

Yo. Ehhh, ¡pues a la persona a la que se las ha entregado!

Azul y yo hemos empezado a reírnos, sin parar. Nos hemos levantado y abrazado instintivamente, y nos hemos quedado mirándonos muy de cerca.

Mirándonos de nuevo a los ojos, Azul me contesta.

Azul. Te he mentido, las encontré yo.

No dejamos de mirarnos a los ojos.

Yo. Yo también te he mentido, dejé las llaves adrede en el suelo para que tú las encontrases y yo no tuviese más remedio que volver, llamar a tu puerta y verte.

Azul. ¿Seguro?

Yo. Seguro no.

Seguimos mirándonos muy de cerca, abrazados, sabemos abrazarnos de verdad, es todo un arte *el mundo de los abrazos* y nosotros somos especialistas en ello, hemos leído sobre los abrazos y practicado en sesiones interminables.

Está demostrado que los abrazos son terapéuticos, es decir, que cuando te abrazan de verdad –pues también hay abrazos falsos que producen dolor– te provocan analgesia –te quitan el dolor–, te relajan, te generan placer, te curan y pueden llegar a hacerte volar. Los abrazos de verdad hacen liberar sustancias en nuestro cerebro –neurotransmisores– que tienen relación con los efectos que he citado anteriormente. Sin duda, los abrazos con Azul producían en ambos estos efectos que he citado, y claro, era muy difícil separarte, dejar de abrazarte.

Yo. Voy a abrir más la ventana.

Azul. ¿Por quéee?

De nuevo nos reímos, Azul es muy friolera y yo todo lo contrario, ella para dormir se tapa hasta el cuello, y sin embargo, yo duermo totalmente destapado.

MÚSICA

Pusimos música, a *Dizzy Gillespie* con su *I waited for you* y empezamos a bailar abrazados. Cada vez más juntos, más pegados. De vez en cuando nos mirábamos y seguíamos abrazados bailando. *I waited for you* me decía Azul con su mirada mientras nos acompañaba Dizzy con su voz grave, el sonido del bajo, el platillo y la trompeta. Yo notaba su cuerpo pegado al mío, sus senos en mi pecho, su abdomen sobre el mío, su cara sobre la mía, su cabeza en mi hombro, su respiración sobre mí rostro, y ella notaba como mi cuerpo se amoldaba al suyo, se acoplaba poco a poco como si fuésemos el uno para el otro, un molde perfecto –almas gemelas–. *I waited for you; I waited for you…*

Azul. ¿Cuando me vas a besar?

Yo. Ya me lo has preguntado antes.

Azul. Ya, pero no me has besado.

Yo. ¿Cómo qué no? Sí que te he besado.

Azul. Digo un beso de verdad.

Yo. ¡Pero si te he besado de verdad!

Azul. José, digo que ¿cuándo me vas a besar en los labios y me los vas a comer?

Yo. Mírame…

Azul. Ya te miro… no he dejado de mirarte.

Yo. Si te beso de verdad como me pides, no sé lo que va a pasar después.

Azul. Ya, te entiendo, disculpa, pero bésame de una vez, por favor.

Si besas de verdad a una mujer, ya no puedes parar.

Le empecé a besar, poco a poco, primero en el cuello y después por la comisura de los labios, bajando hacia la barbilla, beso a beso me dirigía hacia el lugar deseado, lo retardaba para que subiese en intensidad.

Y la besé. La besé como siempre y como nunca.

MÁS BESOS

Los besos que siguieron a los abrazos se han convertido en pura anécdota cuando nos hemos dejado caer sobre el sofá y hemos empezado a rodar de un lado a otro.

Un beso suyo iba seguido de otro mío, como si de un concurso se tratase, a ver quién daba más besos al otro. A veces nos besábamos a la vez, —esos no contarían— pero eso sí, en todo momento manteníamos el contacto visual, tus ojos en mis ojos, y mis ojos en los tuyos.

La besaba por el cuello y bajaba por su espalda, llegando hasta sus tobillos...y volvía de nuevo a subir hasta sus labios.

Las caricias se alternaban con los besos, quería recorrer todo tu cuerpo, como si no lo hubiese hecho nunca, quería redescubrirte una y otra vez.

Si acaricias de verdad a una mujer, ya no puedes parar.

Yo. (Al oído) Azul, quiero hacerte el amor…

Azul. (Al oído) Y yo que me lo hagas…

Tras unos segundos de silencio…

Azul. ¿No habrás sido capaz de traer un preservativo?

Tras más segundos de silencio…

Yo. Te pido disculpas. Sí, lo he traído. Soy un estúpido. ¿Cómo puedo después de cuatro años, venir a verte y traer un preservativo? Pensarás que he venido con la intención de hacerte amor. Perdóname por favor. Soy un imbécil, te he faltado el respeto.

Azul permanece en silencio.

Yo. Un hombre "normal", después de tanto tiempo, hubiese venido a cenar contigo para hablar, contarse cosas, pero no con la intención final de culminar en tal acto. Perdóname. Por favor, vamos a sentarnos en el sofá a seguir hablando como hasta ahora, y olvida este momento. Y te ruego me perdones de nuevo. Lo siento Azul, lo siento.

Azul. Vale, te perdono. Tú siéntate en el sofá, cuéntame cosas y yo mientras te pondré el preservativo.

EPÍLOGO

Azul, paz, mar y cielo, la mar en la noche.

4 años y 3 son 7.

58 Azules.

127 besos de José.

138 besos de Azul (sí, me ganó una vez más).

EL hombre invisible.

Almas gemelas.

Te quiero muchito.

Tritanomalia. Dicromatopsia azul. Incapacidad para percibir o discernir los colores (RAE) en este caso el color azul.

* * *

Yo. ¿Te puedo hacer una pregunta?

Azul. Sí.

Yo. ¿Por qué no quitaste las fotos en las que estábamos juntos?

Azul. Porque sabía que volverías.

Yo. ¿Y si no hubiese vuelto? ¿Y si no se me hubiesen caído las llaves?

Azul. Pues, tras mirarte por la mirilla de la puerta los nueve minutos que estuviste sentado en la escalera y te marchabas, hubiese ido corriendo tras de ti.

* * *

Mientras Azul duerme…

—Azul, ya nunca volveré a dejarte… –se lo digo mientras duerme a mi lado y acaricio su cara y su cabello…

—Durante estos cuatro años no he estado con ninguna otra mujer, ninguna de las que conocía era como tú. Te buscaba en todas, pero sólo hay una Azul, y eres tú…

—Quiero que seas la mujer de mi vida.

—Te amo Azul, te amo con locura.

Mientras, Azul sigue haciéndose la dormida…

ÌNDICE